KB216297

설원과 마른 나무와 검은색에 가까운 녹색의

설원과
마른 나무와
검은색에 가까운
녹색의

하록 시집

지혜

시인의 말

캄캄한 바다에 젖은 나무처럼 떠다니다 적은 말들이
언젠가는
물에 다다르거나
누군가에게 닿으리라
생각지 못했습니다
물 먹은 마음을 펼쳐주서서
꼭 그만큼 보송해집니다
여전히 눅눅한 채 떠돌고 있더라도요

차례

1부

2부

3부

4부

• 일러두기

페이지의 첫줄이 연과 연 사이의 띄어쓰기 줄에 해당할 경우 >로 표시
합니다.

1부

열심

열과 성을 다하여
심장을 부수는 일

재

중년의 여자가 흔들흔들 팔짱을 끼고 존다
젊은 여자가 질척한 눈꺼풀을 걷어내려 애쓴다
그들 사이 작은 틈이 비척비척 곤하다
습기 먹은 객차에 찬바람이 휘돌아도
답답한 공기는 콧속에 눈 속에 그 안쪽 희번득한 어떤
곳에

고단하지 않은 이가 굽어보려 하였으나 이미 간 데가
없더라

밤에서

형광등이 쟁쟁거리고
냉장고가 왱왱거리고
거대한 도시가 설움을 뱉기 시작해
눈을 감았다

붉은 해파리가 지난다
내일은 우리 여길 떠날 거야
떠도는 소리엔 녹이 묻어있었고
비린내가 불어오는 안개 속에서
이끼의 비명을 들었다

산 것만을 먹고 사는 목숨을 아시는지

해파리가 유영한다
물든 유리를 굽어보며

미세 먼지

거나한 청소를 하려는 날엔
맞추기라도 한 듯 세상이 탁해
어둠 대신 거품을 덮은 듯
깊은 곳 웅성거림만

눈 속에서 자란 모래는
스스로를 가둠으로써 살아남는다

아무도 묻지 않은 소식을
아무도 궁금해 하지 않은 이야기를 들고
외줄 위를 걸어
텁텁한 물을 들이키던 허공엔
잔금 하나 없던 걸

불을 뿜는 벨소리와 색색찬란한 한숨이 힘없이 부글

댈 때

누가 웃고 있는지

누가 즐거운지

누가 감히 행복한지

떠미는 입도 날선 손도 없이

누가 흐리멍텅한 하늘로 떨어지는지

빨래에 햇빛 먹이려는 날엔

벼르기라도 한 듯 세상이 역해

광물의 은신

피곤한 눈을 비비고
얼어 굳은 손을 비비고
고양이 털에 얼굴을 비비고 나면
정해진 수순처럼
성큼

서글픈 공백이 무서웠던 까닭에
마주친 너를 삼킨 줄도 몰랐어
콱 막힌 목구멍과
깜깜한 눈앞에
손바닥만이 살아서
또각또각 멀어진다

자 이제 일어나 움직일 시간이야
잇몸에선 금이 흐르고

간에선 터키석이 쏟아질 거야

곰팡이의 배려에 감읍한다
새벽이 곧 올 것이다

실업자

눈치를 보고
말을 고르고
앓다가 덮고
숨죽여 울고
남는 것은 자질구레한 일상의 찌꺼기와 명랑의 껍데기
풀린 채 묶인 의자
그보다 신중했던 구두들

그마저도 아쉬운
갇힌 땅의 낙엽들

기대

부러진 말을 끄집어내 이어 붙인다
갓 꿰맨 혀가 절룩거린다
아파서 그래

엉성한 박음질
매듭 없이 흐느적대는
다정하게 나를 안고
모든 게 괜찮다고 말해줘

단어를 잃고 어미를 흘리고
거죽만 겨우 남았는데도
입술에겐 버거워
초조해서 그래

말간 후회에 반해

둔한 소망을 감는다
창 없는 건물에 등을 켜고
절뚝
절뚝
망설이는 소리

금연

차 안에 앉은 여자는
어느 해 뙤약볕처럼 홀로 담배를 피울까
외롭게 타들어가는 손끝을
부질없이 주웠다

유일하게 위안이었던 춤이
비를 맞고
속까지 물이 들어차
끝내 차게 식어버린 뒤에야
부질없이 주웠다

하수구에 떨어져 있는 너를 보았다
부질없이 웅크려
불을 붙였다

직사광선을 피해 서늘한 곳에 보관하시오

서글프게 잉태된 씨앗은
뿌리를 잃지 못했다

고삐 없는 소망을 위안 삼아
몇 번이고 가려 했던 매정한 사람아
말도 없이 떠나버린 무심한 사람아
그러니 꿈꿀 수밖에
꿈꿔선 안 될 수밖에

허무하게 틀어지는 수없는 호흡이 걸음이 박자가 바
퀴가 울음이 웃음이 사람이 삶이 우리가 네가 내가
그
모두는

밝으면

왜

숨게 될까

모두

슬퍼도

모두가 슬퍼도 살아간대요

탄생설화

쫑쫑 손가락을 채 썰어
손목 가로줄이 그저 절단면이 된다면
팔을 뒤덮은 망울진 파랑도 다정해질지 몰라

집중해보렴
갈망인지 분노인지
어린 거북을 낳은 혈관이
선명한지 투명한지

혀를 채운 유리병
뼈를 재운 항아리도
긴 헤엄 끝엔 이곳으로 돌아와
딱딱한 세월을 입은 채 살갑게도
뻐끔
하고 선뜻

사소한 사람들

자꾸 세상이 꺼져
숨 막히는 아득함이 더없이 아늑할 때
이렇게 쉽게 휘청대는 마음을
주섬주섬

고만고만한 사람들끼리
멀찍이 웅크려서
위태로운 우울의 안전한 슬픔
우리가 가엾지 않기 위해선 무엇이 필요할까요
굳이굳이 여기 있다고 소리를 지르고야 마는

그 서투름
벼려온 악의조차 어설픈
우리는 전부 사랑으로 얽혀 있다
시선을 떼지 못한 사소한 실수로

개인의 사정

뱀과 새를 무서워하는 사람
고기 비린내를 못 견디는 사람
그런 것쯤 아무래도 상관없는 사람
이제는 아무 상관도 없어진 사람들

덜어내고 나니 한결 가벼워졌는지
산뜻한 공기에 발끝마저 가뿐한지
바스락바스락 으스러지는
경쾌한 소리
어쩜 참 달콤한지

남은 무덤

예쁘게 웃던 아이는 먼 곳으로 갔다
수줍게 웃던 남자는 흙 속으로 갔다
쏟아지는 귀들을 꿀꺽꿀꺽 삼키며

추잡스레 무른 풀이
시취를 뿜어내면
자랑스레 내어걸고 온 거리를 활보해야지
푹푹 아스팔트 헤쳐 나가던 여자는
그런 생각을 했다

지날 리 없는 거리에서
커다란 고래가 입을 벌렸다
잿빛의 혀

문어

물고기를 먹고 자란 담쟁이
그 담쟁이의 눈
그 눈의 달콤한
발

애 너 문어를 만난 적이 있니
우아하게 굽이치는 무지갯빛 짠맛을
눈이 번쩍 뜨이고
마구 두방망이질치는 현란한 세계시를

점액질의 이파리
정중동의 부대낌
떨칠 일 없이 몹시 친절한
여덟 넝쿨의 진득한 애착
애 너 융단처럼 쓰러진 백색 위장을 본 적이 있니

>

무섭도록 급히 자라는

마음

그 마음의 유체

뱀의 주인

타들어가는 피부를 잊고 있다가
문득

뒷목을 서늘하게 잡아채는 이것이
나의 방종인지
이런 판돈을 건 적이 있었던가
초조함을 들키면 끝이야
뼈째 잡아먹히고 말 거야
한입에 삼킨다면
그도 나쁘지 않겠네
살갗을 기며 옥죄는 이것이
내가 들인 뱀이던가

창밖엔 무언가 부러지는 소리
끈적한 하늘이 깨져내린다
보라색 덩굴들이 쏟아져

2부

바람의 왕

내게 있는 것은 어느 하나 쓸모 있는 것이 없어
애시당초 없던 것보다도 비소해져 갔다
타다 남은 누더기가 화환처럼 걸리고 하얗게 시든 별
이 왕관처럼 내렸다

세상에 즉위하자 모든 빛남이 떠나고
수군대는 메아리조차
말라
한낮의 태양 아래 피우는 불이야
그림자로 바스라져 흩어져 갔다

백색광선

나이가 들수록
생이 아까워지는 것은
지나간 이들이 걸어준 슬픔 때문에

자꾸만 겁이
많아져서
툭
툭

고인 웅덩이에 고드름이 핀다
눈부신 멍에가

0으로 나누기

마음을 단단하게
가볍게
솟아오르는 밤을 타고
생기 비슷한 흉내를 내는 죽은 마음을 그러모아

끈적한 우울의 덩어리 속에서
기다리고 있어
네가 죽을 때까지

짓누르는 허무도 갉아드는 무능도
반드시 땅에 묻힐 날이 와
그렇게 생각하면
조금 기뻐요
드디어 나의 이 삶투성이 저주가 끝나주었구나 싶어서

흰 밤

차근히 죽어갔으면 좋겠다
열심히 살아야지 다짐하던 날
사라졌던 네가 자취를 감춘 것을 깨달은 날
끝나려는 세상이 사랑스러워 차마 안지도 못했던 날
새벽인지 아침인지 둥둥 몸속에서 두방망이질을 치
던 날

그렇게 성실하고 꾸준히 죽어가고 싶다
죽어가는 데에만 충실하고 싶다

잠은 그 소리가 시끄러워 도망쳤다고 했다

귀로

깊은 하늘
창문을 열면
쏟아져 들어올 것 같아
잠겨 떠다녀야지

부글대는 숨은 갚지 못한 채로 두고
닫을 수 없으니 닫을 마음도 놓고
흉진 수면에서 멀어져
멀어져
후박한 바다의
신에게로

주사

잠깐 한눈팔면 흔적도 없을 말들로
엉성하게 엮은 나의 사투는
혹시나 역시나
파리한 허영

하늘에서 별이 닫힌다
우리 고운 사진을 깨뜨렸지
소음은 금빛이고 까마득한 술병은 비었었지
걱정을 길어다 치장할 만큼
세상은 점잖았던가

푹신하게 몸을 까는
태초의 초록처럼 고상했던가

소나기

간절함의 부피를 깨닫는 순간
우울을 빼앗길까 몸을 사려 웃는다
아무도 나올 수 없게 세상을 잠그면
황폐하고 자유로운 작은 방
파란 피부의 내가 하나

저무는 땅
떨어지는 하늘
서슬 퍼런 빛줄기를 고스란히 들쓰며

어서 와, 내 방에
색의 뭇매

설원과 마른 나무와 검은색에 가까운 녹색의

오늘 보았던 눈 속의 연인은
갈라진 거울로 떨어져
서로를 잊었다

침묵을 쥐고 떠오른
나는 다정함의 다른 이름
밖에 나선 뒤에야 맨발임을 알았고
덜컥 맞은 뒤에야 맨손임을 알았지

나를 찾는 없는 소리
부름을 따라 갈 곳이 없어
부끄럽다고
부끄럽다고
쩌렁쩌렁 삭아가는
태연한 피로

그리기

시간을 종이에 녹여
시간이 면으로 색으로
시간을 두른 형태가 되어

손끝을 따라 흐르는
나의 춤 나의 탈출
나의 탈력 나의 떡
나의 줄 나의 탈주
나의 탈락 나의 낙

떠나는 모든 것들에 감사하라
떠나간 모든 것들을 감사하라
상실을 쌓을 수 있다는 건
한때는 기쁨을 모았다는 것

\>

소망하세요

절망하세요

소망하세요

책임질 수 없어도

그저 달콤한 말이라도

초대

귀신

괴물

도깨비

시체

뭐가 됐든 놀러와 나는 쓸쓸하니까

악마는 영혼을 사주고 소원까지 들어준다지

어쩜

상냥하게도

땅이 나를 부른다 어지러울 정도로

어서 와 어서 와

열렬한 손짓

먼데서 내려다보다 감동하고 말아

그래 지금 갈게

지금 그리 갈게

\>

새하얀 너를 만날 땐
나는 무엇보다 커다랄 거야
빛도 나만큼 화려하지 못할 거야
겨울처럼 강한 내가 달려들 거야

뭐가 됐든 놀러와
나는 기다리니까

극야

난 결국 무엇도 되지 못하겠지
곁의 먼 곳을 부러워만 하다 끝나겠지
뭘 잘못했을까

태어난 것 살아간 것 숨쉰 것 노력하지 않은 것 게으른
것 그만두지 않은 것 두려워한 것

모두 언제 죽고 싶어?
희망을 말해보자 전부 이뤄질 거야

기어가듯 길어지는 밤에서
아득한 겨울이 기척을 낸다
서늘한 공기에 벅차올라
나를 위한 겨울이
나의 겨울이

겨울이

조금씩 꾸준히 결코 멈추지 않고

차가운 품 그대로

나에게

화장

열에 들뜬 손가락이 고동친다
위조할 오해도 없이 멀겋게
부스러지는 겨울 새순을 따다 불 속에 뿌렸다
가려움이 번진다
우리는 구멍난 뼈야
손톱을 세워도 피가 괴지 않아

곱게 갈린 나의 죄목
꺼질 불도 먹이지 못할
그물진 재

유실물

하지 못한 말들은 어디로 갈까
쭉정이만 남은 마음들은 길을 잃었을까

울음을 참았을 뿐인데 하루가 갔어
하루를 지냈을 뿐인데 울음이 났어
차가운 손가락에 걸려있는 파도가
피를 타고 팔로
어깨로
목으로
마침내

소태 같은 소금을 토한다
전부 어디에서 왔을까
이 반짝반짝 쓰라린 것들은

주행부적합개체군

달보다 태양에게 말을 망설이는 것은
이어질 새벽보다 이어질 낮에 뜬눈들이 많기 때문일까
저물어가는 것은 아침의 꽁무니를 좇아오는데
많은 귀들이 쳐다보면 너는 숨고 싶니 뽐내고 싶니

나는 말소되고 싶어

번쩍
하고

자랑

헛소리를 계속해서 하는 까닭은
텅 빈 나를 감추고 싶어서
그 텁텁한 껍질을 들키고 싶지 않아서
잔뜩 부푼 쓸쓸함을
보아주었으면 해서

나의 초라함을 자랑할게요
손뼉을 치며 자지러지게 웃어주세요
등으로
웃는
나를요

3부

뿌리

손가락이 입이 되었던 어떤 날에
네가 내 손을 잡고 웃었답니다
나는 너무도 놀라 깊은 숨이 되었답니다

내 고양이

너를 모르는 사람을 붙잡고
시시콜콜한 너를 흐드러지게 늘어놓고 싶어
침묵이 어색하지 않은 순간의 따뜻함을
없어도 무관했을 보드라움을
영원 같은 그늘을 걷던 말랑함을
기쁘지도 예쁘지도 않은 진공에서
늘 나를 구해내는 너를
사소하고 조그만
사탕 같은 이야기를 하고 싶어

또
너의 이름을 크게 부르며 인사하고 싶어
아니야 호들갑스레 고백하고 싶어
아니야 구구절절 사랑을 노래하고 싶어
우주를 지펴서 너를 부르자

환하게
아름답게

나의 사랑
나의 우주
나의 세계
나의 세상
나의 모든 것이
너에게서

하여 나의 모든 것이
오직 너에게로

아래층 계단에서

우리 아래층 계단의 말로
사랑을 고백하네
좋아해
사랑해
나도 좋아해
너랑은
잘 지냈을 것 같아
서로 위로하면서
우리 서늘한 나무 위에 서서
눈에 밟히는 마음
아까운 손길 아까운 입술
사라질까 매달려
아래층 계단의 포옹이
망망대해 단단한 유일한 섬인 양
한숨 쉬듯 매만지네
보고 싶었어
너무 보고 싶었어

우리

아침엔
사랑했지
지난밤을 수줍어하면서

밤엔
사랑했지
함께일 아침에 들떠하면서

희망

깃털로 만든 집
얼마나 포근하던지 따뜻하던지
꿈결 같았단 말엔 짜증이 났어
나는 다만 꿈속의 사람
숨을 쉬기엔 너무 희미한

불에겐 뿔이 있어서
너를 할퀼 수 있을 텐데
먼지 한 톨이 아쉬워 털지 않고 줍는다
불어 만든 달빛을 청량하게 식혀가는
나는 일월의 손

용서하지 않을 거야
지독하게 외로울 거야
울지 말란 이야기가 의아할 거야

아 너를 사랑하는 일을 생각하는 것은

너무 행복해

그래도

미끼

나를 좋아하냐고 물을 수 없어서
너를 좋아한다고 말했다
너는 방긋 웃고
나도 따라 웃는다
길 잃은 물음표가 살을 뚫는다
흉질까, 이거

고꾸라진 물음이 빠지질 않는다
펄떡대는 지느러미가 자갈밭에 구른다

피가 튀긴다
너를 따라 웃는다

루스

불 꺼진 하늘 아래
보드라움 따뜻함
전부 풀어둘 테니 나를 그만 놓아줘

물과
빛과
물에 묻은 빛과
빛에 먹인 물과
물에 녹아 부서지는 빛
빛에 잠겨 스미는 물
이윽고 번지는 시간

다시 빛과
물과
문 닫힌 바람 아래

반짝거림 투명함

전부 놓아둘 테니 너를 그만 풀어줘

사랑해도 슬프지 않다면

우린 기꺼이 사랑할까요

고양이를 안고 누워

코끝엔 네 목덜미
이마엔 네 폭신한 볼
들숨엔 네 고소한 냄새와
날숨엔 하늘거리는 네 털이 간지러워
가슴엔 네 앙증맞은 진동이
한 팔로 너를 휘감아 손끝은 엉덩이에 닿고
남은 손은 네 말랑한 발바닥 느슨히 감싸쥔 채
네 그릉대는 소리에 가만 귀 기울이면
아 남은 세상은 아무래도 좋아져

그렇게 너의 다정한 인내에 잠겨
밑바닥 잠으로
우리 둘 뿐인 세계로

이것도 사랑이라면

슬픈 내가 지겨워도 나를 두고 가지 마
내게 안겨주고
내 입맞춤을 받아주고
나의 사랑 고백을 들어줘

아 하지만
나의 슬픔이 너를 아프게 한다면
나의 절박함이 네 고통의 원인이라면
내가 간절할수록 네가 말라갈 뿐이라면
그래도 너를 놓지 못한다면

어디 갈 땐
나를 꼭 데려가
나를 혼자 두지 마
이것도 사랑이라면

이런 사랑이라 미안함에도

너를 붙들 수밖에 없다면

판도라

상자를 열어본 여자는
소꿉놀이는 시작한 적도 없단 걸 알았어
울음은 뼈가 되고
지루함은 온기가 되어
숱하게 두근거렸지 세상을 터뜨릴 듯이

섬짓 무심한 밀항자 앞에서
조그만 슬픔인 척 허세를 부리고
거리낄 게 없는 사랑을 누르고
또 조심스런 살얼음의 이웃처럼
웃었지
온몸이 터질 것 같아서

상자 속엔 희망은 없던데
욕심만 눌어붙어 닦이지도 않던데

무섭지 않은 선물에 들뜨고 싶어

그래도 설렜지 숨도 쉴 수 없었어

자투리 고백

꽁꽁 언 손끝에서 떠난 파도
의 자투리
그냥 웃고 웃다보면
아무것도 아닌 일로 만들 수 있을 것 같은데
겨우 잡은 이름엔 아무 힘도 없어
울음 대신 조그만 돌멩이를 꿀꺽

내가 어디로 흐를지 어떻게 알 수 있나요
어디에 가닿을지 모르는 게 삶의 재미라던가요
그러나
그러나 흐르기가 괴로워요
샅샅이 시려워요
가슴에 철사 하나 걸려
사랑한다고 말해요
보고 싶다고 말해요

좋아한다고 사랑한다고 보고 싶다고 말해요

그리움은 기쁨이라고

외롭다 대신

슬프다 대신

자투리만 모아다 사랑이라고 말해요

겨우 건진 고백엔 환영도 마중도 없어

그냥 웃고 웃다가

한숨 대신 축축한 숨뭉치를 꿀꺽

유성

허약한 우리
어떻게든 붙들어보려고
앙상한 말들 이어붙이며
구태여 우리
어떻게든 같이 가보려고
그럴 필요가 있었던 걸까

그만 헤어지자
먼지의 뒷면은 충분히
굳건한 우리
닿은 듯한 우주에서 떨어졌던
추락하는 흔적이 사뿐히 착지하도록

차가운 바다를 준비해
우리를 위해 비웠던 일몰 딱 그만큼

밤이 와도 좋아

죽은 별은 짜부라져 또 너를 만나러 와

사막의 추운 얼룩

보기나마 그럴듯한 벽을 세우고
든 것 없이 방실대며 하늘거리며
내게 네가 귀하듯 너에게 나 또한 귀할 거라고
믿는 줄도 모르는 채 믿고 있었다

어째서 너는 내게 그럴 수 없다고 생각했을까
건네지 못한 가여운 내가
익숙한 허기와 낯선 허전함 사이에서
비로소 주린 마음을 만났을 때
너무 적은 너의 나는
너무 많은 나의 너는
네가 무서워
내가 무거워
아 나는 가만 응달에나 웅크리고 싶었다

>

헤져도 해지지 않는 걸음을 붙들고

나는 숨고

나는 외치고

너는 기린다

마치 갓 태어난 잔인함처럼

빨래

다정을 가장한 충동으로
너와 남긴 얼룩
빨랫감으로만 남은 달콤한 말들
혼자가 아닐 수 있다고
설레서 그저 설레서

세탁기 앞에 쪼그리고 앉아
부옇게 멀겋게 씻겨가는 들뜸을 보았네
깜빡 졸고 말았다고
절실을 탓했네

영영의 주술

너무도 예쁘고 귀해서

세상 무엇이든 주고 싶었고

나는 가진 것이 없어

나를 뚝뚝 떼어 먹였다

나의 살로 자란 너는

나와 달리 눈부시게 살랑여서

나는 그저 내도록 기뻐 하염없이 벅차

너를 통해 사는 삶이 그리도 예뻐

금귤아

아가야

나의 고양아

언젠가 너 떠나면

내가 듬뿍 건넨 나도 함께 죽겠지

그러면 영영 잃은 나의 일부는 영영 너와 함께야

우린 영영 함께야

헤어지지 않고

4부

0519 혜화

멧돼지를 만든 것은
번번이 겨우 삼킨 슬픔들
허겁지겁 주워 먹은 기쁨들
추하게 끈적이는 피곤과
한기에 번쩍 들던 다짐들
그 얼굴을 본 적이 있더라면
두 번은 밟지 못할 울분
좁은 우리로는 모자라
재갈 채워 묻으려던
너희들
돌아오지 않고
돌아가지 않는
스쳤던 공기 한 줌까지도

생을 다해 벼린 우리가

한낱 목숨에 지나지 않은들
턱을 높이 들고 더없이 오만한 표정으로 걷겠다
종내는 살갗이 될 강인함을 메고

눈부시도록

곳곳에 밤의 살점들이 쌓여
고개를 들 수 없어
저마다 두고 간 불의 그림자가 남아
오고
가고
밀려오는 비명과
쓸려가는 한탄과
지나지도 못하고 우두커니 선 여자가 손잡고
송이송이 운다

빛이 일어나는 소리가 들린다

숨쉬듯 사라지는 벼락처럼
우리 부릅뜬 얼굴로 눈부시도록

그림자 밟기

결정은 내리지 못하고
오래 두드리자
거인이 내려와 말했다

너와 함께라면 영원도 두렵지 않아

훌쩍이는 태엽 소리
피를 태운 연기가
멀리
저기 가는

낯선 저녁에서 울고 있는 아이를 보았을 때
베긴 마음이 설레
오늘도 비어있는 우리의 자리로
홀로 다시

프로포즈

누가 언제 어디에서 어떻게 왜 했는가 하지 않았는가
숨죽여 울고 낮춰서 흐느끼고
붉은 등을 보아라
그리곤 새하얀 절망 속을
함께 헤매주겠니
우리가 무엇인지 부르는 이는 아는지

생은 연속
나를 배반하는 감정들과 맞붙는 드잡이의 연속
그러니 난연한 불신 속을
함께 헤매주겠니
자유로운 숨바꼭질을 찾아서
오열하는 꿈을 꾸겠니

있지 같이 세상을 망가뜨리자

그래서 휘황한 단절 속을

함께 헤매주겠니

빵과 장미

무엇이든 돼요
어디로든 가요

금지된 영토로만 걷고
허락한 입을 파묻어요
무엄하게 노래하고
주제넘게 날뛰어요
섶을 지고 불에 뛰어들고
뻔히 보이는 파국으로 치달아가요
원하는 전부를 손에 쥐고
막아서는 전부를 부숴요
목숨이 아까우면 아꼈어야죠
시키는 대로 한다면 목숨만을 거둘게요
내게 지우는 하늘을 터뜨리고
나를 지우는 바다를 쓸어내요

죽는 것이 두려우니 더는 죽지 않겠어요
사는 것이 막막하니 이젠 살지 않겠어요
먹을 것이 절망뿐이라 그만 먹어치웠어요
입을 것이 경멸뿐이라 그만 차려입었어요
모욕을 신고 속박을 쥐고
함께 세상을 멸망시켜요

어디든지 가요
언제든지 해요
그게 뭐든 돼요

항성의 아이들

그래서
아무도 우리를 구하지 않는다면
춤을 추자
손을 꼭 잡고서
영원한 것은 없으니 영원에 살자
반짝이는 너의 눈꺼풀이
어쩌다 여기에 왔는지
아롱다롱 흐려질 때면
우리 춤을 추자
교활한 낙관에게 헌정되어
언제 떠나고 싶든 어딜 떠나왔든
마지못해 또렷한 거짓말의 근원에서 무얼 버렸더라도

눈 뜰 때마다 더 행복해지렴
춤을 추자
우리 손을 꼭 잡고서

제

광막한 하늘과
숨막히는 고요와
아득하게 멀어지는 온갖 이빨들
유랑하는 이의 떨어진 실타래
행진 끝에 남은 깨진 플라스틱
변명과 이유를 묶어
나부끼게 높이 치든 인두겁

돌멩이를 본지가 오래입니다
부드러운 뼈들이 풀려날 언젠가엔
쇠로 닫힌 눈을 부수고
빛으로 누빈 물살이 흐르리
새까만 청색의 바다가 움트리

눈부시게 맑은 밤 우리 거기에

인적 드문 풀밭에 앉아
흐르는 별을 머금은 빛나는 물결을 보며
총총 수놓듯 네가 절망을 말했을 때
위로도 동의도 하지 못하고
움켜쥐었던 것은 숨
한줌 숨

침묵은 더 이상 다정하지 않고
포옹도 더 이상 평화롭지 않아
막다른 곳에 다다른 우리는
막다른 곳을 뚫고 넘어 왔다고
어떻게 설명할 수 있을까

한 길은 벼랑이고 한 길은 절벽일 때
나 벼랑의 바닥이 궁금해

우리 떨어지면 어딘가 닿기나 할지
나 절벽의 속살이 궁금해
우리 부딪히면 어딘가 금이나 갈지

떠도는 별을 잡아 수호성을 삼고
우리를 지키는 신이한 존재라도 빌어
그래도 너 서 있노라
서 있으라 우리

직유와 가정법

안개처럼 두른 슬픔이
이윽고 발견되면
화들짝 시치미를 뗄까
기다렸다는 듯 해처럼 웃을까

목숨을 내줄 수 있다면 대신 노래할게
꿈에 나를 만난다면
시내처럼 반겨줘 나를 알지 않아도

보석처럼 숨긴 소원이
무심코 나타나면
새카맣게 몰랐단 듯 깜짝 놀라야지
날뛰는 생각을 타고서도
닿은 적도 없다는 듯이

>
이제 더 울지 않는다면
더는 슬프지 않을까
좀처럼 슬프지 않을 거야
기쁘지 않을 테니까
영원처럼 시작된 내가
기어이 버틴다면
비로소 너는 불행의 모습으로
나락에서 기어오른 불길의 새로

마녀집회

한밤
문득 아주
아주 흐려진 것을 알았다

깊은 깊은 우물에 잠겨 있는 것 같은
아니야 우물을 본 적도 없으면서

나는 내가 사람인 줄 알았지
잠깐도 필요치 않은
앙갚음의 이름일 줄은

아름답게 낭비되는 묵은 뇌를 꺼내
유리병에 담고 찬사라도 태우자
삶이 되기 위해선 무엇이 필요할까
마땅히 퍼뜨릴 주문을 위해선

>

희망만을 말해야 하므로 우린 더 외로워지고

더 외로워지지는 않기 위해

우린 다시 희망을 말해야 한다

소성단

우리만이 서로를 돕는
어제가 오면
희망차고 가혹하게 짓쳐들
별의 엄폐

거기서 사람들이 죽었다
그리 놀랍지도 않았다

죄를 지은 웃음들
천장이 원래 반짝거렸나
도망치고 도망쳐
끝내 싸울 수 있는 곳으로
믿지 않고
잃지 않고
다만 볼 수 있게

저 구석에 대강 밀어둔 그때는 결국

계절의 뒤를 돌아 우릴 만나러 가면
아스라이 단단하던 공동은 어디로 갔는지

우리는 새빨간 한숨을 갠다

기억의 육중한 걸음
달콤한 금강석 다리를
일순 흑연의 수면으로 바꾸는

우리는 새빨간 한숨을 갠다

쌉싸름이 바스라지는 성채
하얗게 날뛰는 물결의 이빨
솟구치는 폐허 한복판 고즈넉이 앉은 발
우리는 새빨간 한숨을 갠다

한숨은 새빨간 우리를 깬다

우리는 새까만 환성을 편다

그때 우리는
빛도 소리도 가득한 곳에 있었다

빨간 구두

텅 빈 얼굴은 어쩌고
주렁주렁 나날이 싱싱한 듯 구나
가장의 제일은 스치기만 하는 숫자
오종종 빼곡한 걸음은
어디에 흘렸는지도 기억하지 못해

가다보면 있을지
지도의 시작은 어쩌면 원망일지
순환선을 타고 기도해 전복되기를
나는 누구였을까 누가 될까
모르는 것은 그대로
오점이 될까

무르익은 벼랑의 진군
조각난 메아리의 맹세

어떤 발자국도 녹지 않아

잘리고 지워져도

흩어지지 않아

투명한 사슴의 탑

선동과 날조로 천국을 더럽히자
약속을 기대를
미지의 절망을
무지개와 닿은 발굽
꿀에 절인 가시를

꺼져가는 뭍에 사슴뿔이 핀다
습지 한가운데 불쑥
버둥치는 존재

해맑은 악의의 파란도
노회한 정의의 이면도
우리의 숲은 어디에도 없어
뿔을 밟고 뿔을 키워 촘촘히 옭아드는 고목을 뚫고
우리의 아래로 우리의 위로
우리를 딛고 오를 선명한 우리를 위해

산책하다

희게 뻗은 구름강 깃털로 모아
말간 물빛 번지는 초승달 박은
나를 키운 도시는
이런 하늘의 서랍

길어진 해 머금은 점잖은 초록 너머
꿀을 발라 갓 구운 노을이 질 때
나는 보았다

마침내 내가 세상이 된다

물뭍동물의 캔버스

김보나 시인

물묻동물의 캔버스

김보나 시인

『애지』 2024년 여름 호를 통해 이름을 알린 신예, 하록 시인의 시들을 펼쳤을 때 찾아든 감정을 뭐라 부를지 아직 모르겠습니다. 다만 서두에서 밝힐 수 있는 것은 한 시인이 세상에 처음으로 내보이는 시집에 대한 발문을 써 달라는 제안을 받았을 때 느낀 설렘입니다. '친구가 될 사람이 발문을 써 주면 좋겠다'라는 시인의 청을 넌지시 전해주신 반경환 선생님의 말씀에 고개를 끄덕인 뒤로, 저의 여름은 『설원과 마른 나무와 검은색에 가까운 녹색의』로부터 퍼져나온 '색의 뭇매' 속에 가만히 펼쳐지기 시작했습니다. 이 글은 한 권의 책을 꼼꼼히 읽고 나면 으레 찾아드는 동질감을 시작으로, 또래이자 시를 쓰는 여성이라는 점에서 서로 닮은 하록의 목소리를 애정 어린 눈길로 오롯이 따라간 기록이 될 것 같습니다.

물과 뭍을 오가는 양서류와 같이

하록 시인은 스스로의 시를 '캄캄한 바다에 젖은 나무처럼 떠다니다 적은 말'이라 밝혔지요. '뭍에 다다르거나 누군가에게 닿으리라' 예상하지 못했다는 시인의 말에서 제가 길어올린 것은 '물뭍동물'이란 단어였습니다. 어류와 파충류의 중간이며 물속에서 숨 쉴 수 있고 땅에서 살 수 있는 양서류, 즉 개구리 등의 동물을 일컫는 이 단어는 축축한 물을 닮은 마음을 건조하게 담아내는 하록 특유의 어법과 퍽 어울립니다.

연못에 뛰어든 청개구리를 떠올려봅시다. 경쾌한 헤엄 혹은 뜀박질을 선보이는 청개구리가 어디로 나아갈지

알 수 없는 움직임으로 바라보는 이의 마음을 즐겁게 하듯, 이 시집은 단어의 미세한 움직임을 통해 읽는 사람의 마음에 작지만 분명한 동심원을 남기고 있습니다.

등단작 「눈부시게 맑은 밤 우리 거기에」를 펼칩니다. '맑은 밤'이라니, 일견 불가능해 보이는 조어가 눈길을 끕니다. '흐르는 별을 머금은 빛나는 물결'이란 문장은 은하수를 바라보는 두 사람의 모습을 어렵지 않게 상상하게 하지요. 혹은 강물에 비친 밤하늘을 바라보는 모습 같기도 하고요. 그런데 이것이 도시라면, 서울의 강물이라면, 하늘에 별이 많이 보이지 않으니 수면에 별빛이 비칠 가능성은 거의 없다고 봐야 할 것입니다. 그렇다면 지금 강에 비치고 있는 건 인간의 불빛인 셈입니다. 네온사인이나 아파트의 불빛을 총망라한 인간의 불빛은 물에 비치는 순간에야 별처럼 보이지 않은가요. 이러한 아름다운 역전은 하록의 시집 곳곳에서 일어나고 있습니다.

가까운 사람이 '한 줌 숨(한숨을 고유한 시선으로 표현한 말로 읽힙니다)'을 내쉬며 느닷없이 찾아든 어둠을 고백할 때, 우리는 무엇을 할 수 있을까요? '침묵'을 택하는 건 무책임하고 '포옹'이 가져다줄 평화도 잠시뿐이기만 할 때, 시인은 한 사람의 곁에 그저 머물기를 선택합니다. 그리고 함께 있는 두 사람을 한데 묶으며 이렇게 말합니다. '막다른 곳에 다다른 우리'라고 말입니다.

'너'라는 한 글자에 손을 내밀어 '우리'라는 두 글자로 만들기. 저는 여기서 말문이 막히는 막막함 앞에 선 한 사람을 껴안아 '우리'로 만드는 젊은 시인의 씩씩함을 봅니다. '우리는 막다른 곳을 뚫고 넘어 왔다'라니, 이어지는 말은 더 용감하지요. 막다른 곳에 다다랐다는 현실을 인식하기-이를 뚫고 넘어 왔다고 말하기. 어쩌면 막막한 현실에 언어로서 길을 내는 것이 하록 고유의 어법 아닐까요. 동시에 이는 하록 시인이 시를 쓰는 이유와도 닮아 있을 거라 확장해 볼 수 있겠습니다.

'한 길은 벼랑이고 한 길은 절벽' 같은 청춘에게 시인은 "나 벼랑의 바닥이 궁금해"라고 말합니다. 우리 좀 더 알아보자는 것, 떨어지고 부딪히는 일을 피할 수 없다면 차라리 '궁금해' 하자는 것이 신예 시인 하록의 태도입니다.

다른 시에서 더 알아보겠지만, 이 시집에 등장하는 이들은 일종의 '굴 파기' 행위를 지속하고 있다고 보아도 무방합니다. 끊임없이 막다른 곳을 마주하고, 이를 뚫고 전진하려 애쓰며 존재한다는 점에서 그러합니다.

이러한 나아감에 힘입어, 시의 말미에서는 '수호성'의 가호라도 받은 듯 마법이 펼쳐집니다. '너 서 있노라/ 서 있으라 우리'. 너에서 우리가 되는 것, 한 사람이 두 명 모여 우리가 된다는 것. 그것은 우리가 삶에서 너절한 운명을 피할 수 없어서 혹은 오히려 피할 수 없기 때문에 발현 가능한 신비일지도 모르겠습니다.

중첩되는 아이러니의 세계

희망적인 느낌을 전하는 「눈부시게 맑은 밤 우리 거기에」에 이어, 화자의 부정적인 현실 인식을 담은 작품을 통해 하록의 '아이러니' 어법에 주목하고자 합니다.

시집을 여는 시 「열심」에서 시인은 이렇게 말했지요.

"열과 성을 다하여/ 심장을 부수는 일" 일반적으로 열과 성을 다한다는 말은 낡고 지루하게 느껴집니다. 아마 어른들로부터 전해진 '열과 성을 다해 공부해라'와 같은 말이 우리에게 익숙해서 그렇겠지요. 한데 이처럼 무언가 생산적인 행동을 해야 한다는 기성세대의 가치관을 담지한 말에 "심장을 부수는 일"이란 표현을 가져다 대자 이상한 일이 펼쳐집니다. 우리의 몸을 '유용한' 방식으로만 사용하려는 누군가의 의도와 예시를 보란 듯 가볍게 비트는 전환이 발생하는 것입니다.

이어 「그리기」라는 작품에 눈길을 줍니다.

> 떠나는 모든 것들에 감사하라
> 떠나간 모든 것들을 감사하라
> 상실을 쌓을 수 있다는 건
> 한때는 기쁨을 모았다는 것
>
> 소망하세요
> 절망하세요

소망하세요

책임질 수 없어도

그저 달콤한 말이라도

「그리기」의 화자는 누군가 혹은 무언가를 잃고 좌절 속에 중얼거립니다. '떠나간 것에 감사하라'라는 말이 주문처럼 반복되는 가운데, 저는 시의 4연에 주목하고자 합니다. '소망하세요/ 절망하세요/ 소망하세요'. 하록은 이러한 반복을 통해 절망의 다른 뜻이 '소망'이라도 되는 것처럼 의미를 펼쳐나갑니다. 무언가 바라고 있다는 것은 그것을 소유할 수 없다는 뜻이지요. 그것을 갖게 되면 그것을 소망할 필요가 없어진다는 점에서, 소망은 절망의 다른 말이라는 의미로 확장되는 것입니다.

「주행부적합개체군」에서 시인은 이렇게 말합니다. "나는 말소되고 싶어" 그러나 이는 생이 지속되는 한 이뤄질 수 없는 소망이며, 그런 점에서 절망의 다른 말처럼 작동합니다. 이러한 아이러니는 '그만 ~ 했어요' 형태의 어구가 반복되며 독특한 리듬을 형성하는 시 「빵과 장미」에서도 두드러집니다.

> 죽는 것이 두려우니 더는 죽지 않겠어요
> 사는 것이 막막하니 이젠 살지 않겠어요
> 먹을 것이 절망뿐이라 그만 먹어치웠어요
> 입을 것이 경멸뿐이라 그만 차려입었어요

'그만 차려입었다'라는 말은 차려입기를 멈추었다는 걸까요, 그만 차려입고 말았다는 것일까요? 이러한 중의적 문장은 화자가 택할 수 있었을 두 가지 선택지 모두를 보여주면서도, 화자가 어느 쪽을 골라도 차이가 거의 없는 방식으로 작동한다는 점에서 흥미롭습니다.

> 귀신
> 괴물
> 도깨비
> 시체
> 뭐가 됐든 놀러와 나는 쓸쓸하니까

악마는 영혼을 사주고 소원까지 들어준다지

어쩜

상냥하게도

「초대」에서 '나'는 쓸쓸한 나머지 '귀신, 괴물, 도깨비, 시체'까지 놀러오라고 합니다. 급기야 영혼을 거래해 소원을 성취하도록 돕는다는 '악마'를 호명하며 이렇게 말합니다. "상냥하게도" 이러한 역전은 어떻게 발생할까요? 쓸쓸하다는 감정은 더는 오갈 곳이 없는 채 막다른 곳을 마주하고 있는 스스로를 바라볼 때 주로 찾아오게 됩니다. 그러므로 보통 부정적으로 인식되는 악마와의 거래도 이 시에선 긍정적인 효과를 발휘합니다. 시의 화자에게 '변화'를 가져다 줄 유일한 존재이자 행위일 수 있기 때문입니다.

하록 시의 화자는 대개 멈추어 있고, 이러한 자가당착 상태에서 화자는 변화를 소망합니다. 이러한 특징을 잘 보여주는 「극야」를 보겠습니다.

난 결국 무엇도 되지 못하겠지

곁의 먼 곳을 부러워만 하다 끝나겠지

뭘 잘못했을까

'난 결국 아무것도 되지 못하겠지. 먼 곳을 부러워만
하다 끝나겠지.' 이러한 조소와 자학이 익숙하게 다가오
는 이유는 저 역시 취업도 어렵고, 인간관계도 어려운
청춘을 경험하고 있기 때문일 것입니다. 하나 하록 시의
화자는 이처럼 한 자리에 머무는 듯하면서도 끊임없이
미묘한 운동을 지속하고 있습니다. 희망이 없다고 이야
기하는 시 「판도라」를 살펴봅니다.

상자 속엔 희망은 없던데

욕심만 눌어붙어 닦이지도 않던데

아이러니컬하게도, 상자 속에 희망이 없다는 이 말은
상자 자체가 희망이라는 뜻이라고도 읽을 수 있을 것입
니다. 어쩌면 희망의 내용이란 텅 비어 있으며, 희망의

대상은 희망 자체를 희구하는 것 아닐까요. 다시 말해 대상이 있어야 가능한 것이 희망이 아니라면, 아무리 절 망적인 상태여도 희망할 수 있다는 것을 보여주는 시입 니다.

이러한 시선으로 「0으로 나누기」를 바라봅니다. "생 기 비슷한 흉내를 내는 죽은 마음"을 그러모으는 화자로 부터 저는 좌절했음에도 사람들 속에 섞여 웃고 살아가 려 애쓰는 청년의 울적한 초상을 보게 됩니다. 저는 시 의 말미에 등장하는 "나의 이 삶투성이 저주"라는 어구 에 밑줄을 그었습니다. 자신의 깊은 바닥으로부터 사금 캐듯 골라내었을 말들이 빛났기 때문입니다. 하록의 시 는 이처럼 얼핏 모순되는 듯 어울리지 않는 말들을 골라 내고 조합하여 독특한 효과를 자아냅니다.

색색의 장면으로 이루어진 잔혹동화

시각 디자인과를 졸업하고 현재 일러스트레이터로 활

동하고 있는 이력이 말해주듯, 하록의 시에선 다채로운 색채와 이미지가 펼쳐집니다.

'파란 피부의 나'가 등장하는 시 「소나기」를 읽습니다. 화자는 해 질 녘에 창밖을 바라보고 있는 듯합니다. 예고 없이 쏟아진 비를 '서슬 퍼런 빛줄기'로 치환하자, '색의 뭇매'라는 표현이 가능해집니다. 고통에 민감한 이에겐 눈앞에 갑자기 쏟아지는 색채마저 피부를 스치는 괴로움으로 다가오는 것이 아닐지, 그리 상상해 볼 따름입니다.

「탄생설화」는 어디서 연유했는지 말할 수 없는 고통에 더 명확한 이미지를 부여합니다. 3연에 등장하는 "혀를 채운 유리병/ 뼈를 재운 항아리"가 그렇습니다. 얼핏 섬뜩한 이미지로 읽는 이를 놀라게 하는 표현을 마주했을 때, 저는 작중 화자가 혀와 뼈를 모은 까닭에 대해 더 알고 싶어지기도 했습니다. 이보다 앞서 등장한 '어린 거북을 낳은 혈관'이란 말에서 보여지듯 이 시는 분명 탄생과 생성에 대해서도 말하고 있기 때문입니다. 소멸과 생성은 닿아 있으니, 우리에게 찾아든 그 어떤 고통이라도 모아둔다면 언젠가 무엇이 '뻐끔'하고 탄생할지도 모른다는 것. 이것이 하록이 보여주는 상상 아닐까요.

　　깊은 깊은 우물에 잠겨 있는 것 같은
　　아니야 우물을 본 적도 없으면서

　　나는 내가 사람인 줄 알았지

　「마녀집회」의 배경은 '한밤'입니다. 작중 화자는 '내가 사람인 줄' 알았다고 말합니다. 그렇다면 사람이 아니라 어떤 존재인 걸까요? 화자는 이어지는 발화에서 자신을 '묵은 뇌'로 규정합니다. 인간의 뇌는 기억의 저장소인 만큼, 곧 기억이 모여 한 명의 인간이 된다고도 말할 수 있습니다. 이를 유리병에 담아 오래 보존하려는 행위에 주목해 보자면, 긍정적이든 부정적이든 자신의 오래된 기억을 언어라는 유리병에 담아내는 것이 하록 시인의 존재론이라 읽을 수 있겠습니다. 사람이 아닌 마녀로서, 질료를 한데 모아 제3의 무언가를 만드는 존재로서,

'삶이 되기 위해선 무엇이 필요할까' 절실하게 묻는 존재로서 시 쓰기. 그것이 하록의 시작詩作이 지향하는 바처럼 보입니다.

아무도 우리를 구하지 않는다면……

'울음을 참았을 뿐인데' 하루가 가고, '하지 못한 말들'을 헤아리다 울음이 나는(「유실물」) 이 세계에서 우리는 살아갑니다. 일하고, 울고, 웃으며 살아가는 사소한 존재들을 바라보며 하록은 부단히 시를 써 냈고, 그 기억과 텍스트가 모여 지금의 첫 시집이 되었습니다.

앞서 「눈부시게 맑은 밤 우리 거기에」를 읽으며 저는 '너에서 우리가 되는' 마법을 보았다고 밝혔습니다. 하록의 시 세계에서 '우리'는 비단 인간만을 가리키는 단어는 아닙니다. 비인간 존재인 고양이 '금귤'이와 사랑을 주고 받고, 귀신, 괴물, 도깨비까지 텍스트에 너끈히 초대해 내는 시편들을 통해 하록의 시 세계는 보다 넓은 지평을 담지하려 합니다.

  이러한 상상력들이 넘실대는 가운데에서도 하록은 누군가와 함께하고자 하고, 곁으로 다가온 누군가를 외롭게 두지 않으려 합니다. 그것이 「항성의 아이들」에선 이러한 표현으로 나타납니다.

  그래서

  아무도 우리를 구하지 않는다면

  춤을 추자

'내 고양이, 프로포즈, 우리, 희망, 자투리 고백…….' 편편이 모인 시들에서 사랑이 담긴 제목을 꺼내 액자에 걸어 봅니다. 앞서 은하수조차 제대로 보기 힘든 흐린 하늘 아래 우리는 살아가고 있다고 말한 바 있습니다. 하나 아무리 건조하고 차가운 도시라 해도 하록의 시집 속 등장인물은 끊임없이 살아가고 사랑하고 있으니, 달리 말하자면 우리는 이 시집에서 '굴 파기'의 미학을 배울 수 있겠습니다. 막다른 곳을 마주하면 끊임없이 바닥을 찾고, 파내어 또 다른 장소를 찾아내 생을 이어가는 생존방식 말입니다.

축축하고 서늘한 곳에서만 보이는 진실이 있다고, 그러므로 차가운 언어로 내뱉더라도 그것을 끝내 전하고 싶다고, 어둠 속에서 마녀처럼 뾰족한 모자를 쓰고 무언가를 끊임없이 써 내려가는 한 여자의 모습을 저는 상상합니다.

"직사광선을 피해 서늘한 곳"에 머물고 싶은 사소한 존재들을 도닥이고(「직사광선을 피해 서늘한 곳에 보관하시오」), 그 악의와 실의조차 꺼내어 긍정하는 시. 결국 "우리는 모두 사랑으로 얽혀 있다"(「사소한 사람들」)고 말하는 시. 이것이 '물과 뭍'을 오가는 수륙양용의 존재로서 하록 시인이 써 내려가고 독자들에게 건네려 한 미덕이라고 저는 믿습니다. 그러니 이 작은 시집을 선뜻 들어 보세요. 이 시대의 청춘에게 시인이 건네고 싶은 마법의 물약이 온몸을 서늘하게 휘감아 돌 테니까요.

하 록

하록 시인은 대전에서 출생했고, 홍익대학교 시각디자인과를 졸업했다. 2024년 『애지』(「눈부시게 맑은 밤 우리 거기에」 외 4편) 로 등단했으며, 우리 젊은 시인들의 존재론적 위기와 그 절망을 티없이 맑고 깨끗한 '신세대의 감각'으로 노래함으로써 크게 주목을 받은 바가 있다.

하록 시인의 첫 번째 시집인 『설원과 마른 나무와 검은색에 가까운 녹색의』는 김보나 시인의 표현대로, '물물동물의 캔버스'에 그린 시집이자 "이 시대의 청춘에게 시인이 전하고 싶은 마법의 물약이 온몸을 휘감아" 도는 시집이라고 할 수가 있다.

요컨대 하록 시인의 첫시집인 『설원과 마른 나무와 검은색에 가까운 녹색의』는 언어의 혁명이자 감각의 혁명이며 우리 한국 현대시의 경사라고 할 수가 있다.

이메일   derucasativa@gmail.com

하록 시집

설원과 마른 나무와 검은색에 가까운 녹색의

초판 1쇄   2024년 10월 9일
지 은 이   하 록
펴 낸 이   반송림
펴 낸 곳   도서출판 지혜
기획위원   반경환 이형권
주   소   34624 대전광역시 동구 태전로 57, 2층
전   화   042-625-1140
팩   스   042-627-1140
전자우편   eji@ji-hye.com
            ejisarang@hanmail.net
인   쇄   영신사
제작총괄   조종열

ISBN   979-11-5728-554-9   02810
값   12,000원